FRANZ

POUPÉE D'IVOIRE

La reine oubliée

T.3

Éditions Glénat

Réalisation Partenaires
Dépôt légal février 1990

® AUTHENTIQUE.

AUSSI ÉTONNANT, MA REINE... LES GENS DE CETTE RÉGION POUSSENT LES LOIS DE L' HOSPITALITÉ JUSQU'A' OFFRIR LEUR COMPAGNE AU VISITEUR! L' INVITÉ DÉPOSE UNE PIÈCE DE SON HABILLEMENT BIEN EN VUE A' L' EXTÉRIEUR DE LA MAISON, AFIN QUE L' HÔTE SACHE QU'IL EST TOUJOURS LÀ ET NE RENTRE PAS INOPINÉMENT LE DÉRANGER.
"UN OEIL," VOUS DITES D'ÉNORMES BÊTISES ...
MADAME, JE VOUS ASSURE: ILS "PRÊTENT" AUSSI AISÉMENT FILLES, SOEURS ET TOUTE FEMME DE LEUR DÉPENDANCE...
QUE FAISONS-NOUS ALORS DANS CETTE RÉGION?
JE VOUS LE DEMANDE, MADAME!
AH! AH! AH! AH!
TENTATIVE RÉUSSIE, " UN OEIL "
HRRR
JE NE SAIS PAS OÙ JE VAIS... JE N'EN AI PAS LA MOINDRE IDÉE. JE M'ATTENDS À CHAQUE SECONDE QU'UN DE NOS GARDES ME TUE... MAIS QUELLE IMPORTANCE! JE ... JE VOUDRAIS TANT SAVOIR CE QU'IL EST ADVENU DE TIMOK, DE ... DE MON FILS !!
2

TU ES CERTAIN DE TA ROUTE ?
AUTANT QU'ON PUISSE L'ÊTRE... JE ME FIE AUX CONFIDENCES DU CHAMAN ⊛
⊛ VOIR : "LA GRIFFE DE BRONZE"
HMMM !
JE N'AIME PAS TON SCEPTICISME À PROPOS DU CHAMAN. C'EST UNE DES RARES PERSONNES EN QUI J'AI ENTIÈRE CONFIANCE !
LÀ-BAS, TIMOK. IL Y A QUELQU'UN AU BORD DE LA RIVIÈRE...
VU !
SALUT À TOI, PÊCHEUR !
3

" UN OEIL "... COMBIEN DE CHANCES AI-JE DE RETOURNER CHEZ MOI ET LES MIENS ?
CHEZ VOUS ?
JE SUIS THÉODORA FRANCESCA GIMINIANO DI FIVIZZANO, ET MON PAYS EST TRÈS, TRÈS LOIN D'ICI... COMBIEN DE CHANCES "UN OEIL" ??
...
A MON AVIS ... AUCUNE, MADAME.
UN QUOI ?
UN CONVOI.
UNE CARAVANE. DES CHARIOTS, DES CHEVAUX... ... ENFIN... NOUS LE SUPPOSONS...
AH OUI ! QUELQUE CHOSE COMME ÇA... OH BEN... J'AI DÛ VOIR OU ENTENDRE PASSER QUELQUE CHOSE COMME ÇA...
IL Y A LONGTEMPS ?
EST-CE QUE JE SAIS ! LE TEMPS QUE L'EAU COULE DEVANT MON NEZ, QUE JE PRENNE QUELQUES POISSONS... QUE J'EN RATE BEAUCOUP D'AUTRES... QUE JE DORME... QUE JE MANGE... JE NE COMPTE JAMAIS...
TENEZ... UN TROUPEAU D'OIES SAUVAGES VIENT DE PASSER AU-DESSUS DE NOS TÊTES, JE SUIS INCAPABLE DE DIRE S'IL Y EN AVAIT TREIZE OU QUATORZE...
!?
!?
VOUS VOYEZ !
N'EMPÊCHE ! VOUS NE POURRIEZ PAS ÊTRE PLUS PRÉCIS ?
NON MAIS DITES-DONC, MA PETITE DAME ! VOUS, QUE CELA INTÉRESSE, VOUS NE SAVEZ MÊME PAS CE QUE VOUS CHERCHEZ RÉELLEMENT ET MOI, QUI N'EN AI RIEN À FAIRE, VOUS VOUDRIEZ QUE JE SOIS PLUS PRÉCIS ?
JE VAIS LE...
LAISSE, TIMOK !
4

HEU... ADIEU !
ET MERCI ENCORE...
ALORS ?
UN COUPLE, SEIGNEUR ...AVEC TROIS CHEVAUX ...TRÈS BEAUX !
RIEN D'AUTRE ?
ILS CHERCHENT UN CONVOI... UNE CARAVANE OU QUELQUE CHOSE COMME ÇA...
5

QUELQUES HEURES PLUS TARD...
AH !
JE VAIS ALLER VOIR DE PLUS PRÈS...
TU ES COMPLÈTEMENT FOLLE... JE VAIS ALLER VOIR... TOI, TU GARDES LES CHEVAUX...
C'EST TOUJOURS LA MÊME CHOSE ! NON MAIS... QU'EST-CE QU'IL SE CROIT CE SAUVAGE ?!
TU FERAIS MIEUX DE CACHER LES MONTURES AU LIEU DE RÂLER !
...
GRRMLL GRRMLL
OH NON !
FRANZ 88
6

"UN OEIL" ! COMMENT LE SORTIR DE LÀ ?
TOCK!
HUMP !
OOOH OOH ! ...
VENEZ ! NOUS EN TEN...
OUMPF !
TOI, JE N'AURAI PAS BESOIN D'AIDE POUR T'ÉPINGLER COMME UN PAPILLON !
7

ATTRAPE, SAUVAGE ! ...
?!
HHH
NOK
RRGG
YU LIEN ? QUE ?...
TIMOK ! TE VOILÀ ENFIN !... TU NE TE RENDS PAS COMPTE !! J'AI EU SI PEUR !
?!
SI PEUR ?
POUR TOI, BIEN SÛR ! À CHEVAL ! VITE... ILS VONT ARRIVER ! ...
8

QUELQUES MINUTES PLUS TARD, APRÈS UN LONG GALOP EFFRÉNÉ...
ARRÊTONS -NOUS.
LES CHEVAUX SONT FATIGUÉS ET, ICI, IL Y A PROBABLEMENT MOINS DE DANGER !
J'AI BIEN CRU VOIR " UN OEIL," L'UN DES CONSEILLERS DE MON PÈRE.
EN FAIT, J'EN SUIS SÛR. C'ÉTAIT LUI !
DONC, MA MÈRE N'EST PAS LOIN !
QUOI ! UN GUERRIER SAUVAGE ET UNE FILLE ?
SANS DOUTE CEUX QUI CHERCHAIENT LA CARAVANE DE LA FEMME À LA PEAU DE POULET !
9A
LES BARBARES N'ONT TOUJOURS PAS PARLÉ ?
NON... ENFIN... SI. ILS RACONTENT CETTE HISTOIRE ABSURDE D'ACHAT DE FEMELLES POUR LEUR ROI...
ET JE N'AI PAS ENCORE OSÉ TOUCHER À LA FEMME BLANCHE.
HMM ! DEVANT SES YEUX, COMMENCEZ UN DAMIER SUR LE DOS D'UN DE SES HOMMES.
QUEL RAPPORT Y A-T-IL ENTRE CETTE FEMME BLANCHE VENUE D'ON NE SAIT OÙ, PROTÉGÉE PAR UN PARTI DE BARBARES... ET CET AUTRE SAUVAGE SUIVI D'UNE FILLE DE NOTRE RACE... ET QUI PARLE POUR LUI !?
AAAAH
JE VOUS EN SUPPLIE !
ARRÊTEZ CETTE HORREUR !
INUTILE. MÊME EN VOUS BOUCHANT LES OREILLES, ET VOUS PERÇANT LES YEUX, ET VOUS CACHANT AU PLUS PROFOND D'UN TROU, VOUS NE POURREZ OUBLIER CE QUE NOUS LUI FAISONS SUBIR...
9B

APRÈS LUI AVOIR INCISÉ LE DOS DE MANIÈRE À DESSINER UNE GRILLE, NOUS ALLONS L'ÉCORCHER D'UN CARRÉ SUR DEUX POUR FORMER UN JOLI DAMIER... NOUS LE BADIGEONNERONS ENSUITE D'UN SUBTIL MÉLANGE DE VINAIGRE, SEL ET PIMENTS. ON EN MEURT RAREMENT À CET ÂGE ET CETTE CONSTITUTION... MAIS...
C'EST HORRIBLEMENT DOULOUREUX... AU POINT D'EN DEVENIR... FOU!
ASSEZ!
AAAHR!
10A
NOUS VOUS AVONS AVOUÉ LA PLUS EXACTE VÉRITÉ! MAIS S'IL EST QUELQUE CHOSE QUE VOUS DÉSIREZ ENTENDRE, DITES DE QUOI IL S'AGIT AFIN QUE J'ABONDE EN VOTRE SENS POUR VOUS SATISFAIRE!
VOUS LE TORTUREZ POUR RIEN ... POUR RIEN!
FEMME AU LONG NEZ, À LA PEAU DE POULET ET AUX CHEVEUX DE PAILLE... VOUS OUBLIEZ... LE PLAISIR!
JUSQU'À UN CERTAIN POINT, JE VOUS CROIS. MAIS MON OPINION N'A AUCUNE IMPORTANCE. DÈS DEMAIN, VOUS SEREZ CONDUITE AUPRÈS DU ROI. ICI, LUI SEUL DÉCIDE.
VOTRE ROI?
CROYEZ-VOUS QUE NOUS NE DÉPENDIONS QUE DE LA PLUIE, DU SOLEIL ET DU VENT?!?
10B

TIMOK ! MAIS ... IL EST MORT !
NE T'Y FIE PAS. AVEC LUI, ON NE SAIT JAMAIS ...
ILS SONT VRAIMENT PEU NOMBREUX, ET CELA N'A PAS L'APPARENCE D'UN SIMPLE VILLAGE :..
UN BASTION ? UN POSTE AVANCÉ SERVANT AUSSI DE RELAIS ? ...
MAIS BIEN SÛR ! ET MA MÈRE VA ÊTRE AMENÉE AU POTENTAT LOCAL, SI CELA N'A DÉJÀ ÉTÉ FAIT !
SEUL TON AMI POURRAIT PEUT-ÊTRE RÉPONDRE À CETTE QUESTION ... S'IL LE POUVAIT...
ALLEZ, MES CHIENS ! ET TROUVEZ ! ...
11A
LE LENDEMAIN, À L'AUBE NAISSANTE...
TOI, TU VAS RESTER ICI AVEC LUI ET...
ET LE BRAVE TIMOK VA JOUER LES HÉROS PENDANT QUE JE TENTE DE SOIGNER UN VIEILLARD MOURANT DANS UNE FORÊT INCONNUE ET ENTOURÉE D'ENNEMIS...
MERCI !
HUM !
QUE DIS-JE, MOURANT !
BON SANG, TIMOK ! CET HOMME EST MORT ! ET PERSONNE NE POURRA LE RAMENER À LA VIE ...
ET JE VAIS AVEC TOI... REGARDE ! TU N'AS PLUS LE CHOIX, MAINTENANT...
11B

两人私試
逃出黄
WHOWN!
ALLEZ! NOUS LEVONS LE CAMP !
ET LE VIEUX ??
TU L'AS DIT TOI-MÊME : " IL EST MORT". S'IL VIT C'EST UN MIRACLE, NON? CE SERA DONC POUR LUI UN JEU D'ENFANT DE SE TIRER DE CE MAUVAIS PAS !
!?
12A
HÉ ! TU M'ATTENDS ??
LE CHEVAL DE BÂT ... NOUS L'AVONS OUBLIÉ !
IL NOUS RETARDERAIT ...
12B

(*) DÉSOLÉ, UNE FEMME, DEUX HOMMES... PARTIS! (⊙) INCAPABLE!

THÉODORA...
SON ALTESSE THÉODORA FRANCESCA GIMINIANO DI FIVIZZANO, ÉPOUSE DE KALIBER KHAN, ROI DES JI CHENG ZU, DES BAI HU TENG, DES YE MA YUE...
SI VOUS VOULEZ !... POUR OCCUPER VOTRE ESPRIT DURANT LES PROCHAINES HEURES, JE VOULAIS VOUS DIRE QUE QUELQU'UN VOUS CHERCHE... APPAREMMENT, DE LA TRIBU DE VOTRE ... HEU... MÂLE ! ... UN JEUNE SAUVAGE ACCOMPAGNÉ – CURIEUSEMENT – D'UNE RENÉGATE DE NOTRE RACE.
14A
CE N'EST PAS POSSIBLE...
TIMOK SERAIT VIVANT ? ET ICI ? NON ! CE N'EST PAS POSSIBLE...
... ET POURTANT !
14B

NE VOUS EN FAITES PLUS, MÈRE !... C'EST MOI, TIMOK !
NOUS ALLONS LEUR ÉCHAPPER... VOUS VERREZ !

QUE FAIT DZONG? ...
TIENS MA LANCE, JE VAIS ESSAYER D'Y ALLER!
QUAND JE PENSE QU'IL VA APPELER ÇA " DE LA CHANCE " !..
ALORS?
JE NE VOIS RIEN. J'AI BESOIN D'AIDE. QUELQU'UN A UNE CORDE ??
ELLE VA ATTRAPER LA MORT SI CE N'EST DÉJÀ FAIT...
KKRRTK
17A
TOI? ICI?
J'AI ESSAYÉ DE COMPRENDRE OÙ TU POURRAIS ALLER ET... J'AI EU LA CHANCE DE TROUVER UN GUÉ À DEUX PAS EN AMONT!
COMMENT AS-TU FAIT POUR CETTE AVALANCHE DE PIERRES?
QUELLES PIERRES? ... MAIS JE N'AI RIEN FAIT DU TOUT!
POURQUOI ME REGARDES-TU COMME CELA? JE T'ASSURE QUE C'EST VRAI!
?!
OH NON!
17B

DES ÉTRANGERS, DIS-TU ?...
OUI... ENFIN NON... PAS VRAIMENT...
VITE, RACONTE! JE SUIS SUR DES CHARBONS ARDENTS... IL NE SE PASSE JAMAIS RIEN, ICI...
OH! MAIS QUELLE IMPATIENCE... VOILÀ!
ILS SONT TROIS. DONT UNE JEUNE FILLE DE NOTRE RACE... ET UN DRÔLE DE BARBARE. ET UNE FEMME. D'ORIGINE TOTALEMENT INCONNUE. AVEC DES YEUX... HEU... COULEUR DE GRENOUILLE!
18A
LA FILLE NOUS DEMANDAIT AIDE ET PROTECTION... TU TE RENDS COMPTE? ... POUR UN SAUVAGE ET... UNE ÉTRANGÈRE!
OOOOH!
ALORS? ALORS? A.MA (*)?
VOTRE TRÈS HONORÉ PÈRE, DANS SA SAGESSE IMMENSE, A FAIT CE QU'IL FALLAIT ET CE QU'IL DEVAIT... AU MIEUX!
(*) NOURRICE.
OOOH... MAIS ENCORE?
18B

CERTAINEMENT, ILS SONT TRÈS TRÈS BIEN TRAITÉS, TRÈS BIEN SOIGNÉS, ET L'ON CHERCHE À EN SAVOIR BEAUCOUP PLUS SUR EUX...
OOOH!
19A
ALORS?
TOUJOURS AUCUNE AMÉLIORATION, SEIGNEUR... ELLE DORT TRÈS PROFONDÉMENT!
...HMMM-MMH!
EH BIEN... BONJOUR PETITE!
NOUS SOMMES LOIN DE TOUT, PETITE PRINCESSE, ET IL EST BIEN QUE L'ON SACHE LE PLUS... MAIS QUE ME FAITES-VOUS DIRE... NOUS AUTRES, FEMELLES IGNARES, N'AVONS PAS À NOUS MÊLER DE TOUT CELA...
OOOH A-MA! ...
19B

IL SERAIT PRÉFÉRABLE PETITE FILLE, QUE TU OUBLIES TES ENVIES DE RÉBELLION. TU ES, ICI, TOTALEMENT EN MON POUVOIR.
AINSI QUE TES COMPAGNONS, D'AILLEURS ... MAIS PARLONS UN PEU DE TOI, AVANT DE PARLER D'EUX...
ET JE VEUX TOUT SAVOIR ...
MAIS ...
CEPENDANT ...
PEUT-ÊTRE AVONS-NOUS DES CHOSES PLUS IMPORTANTES À FAIRE... NON?
FAITES DE MOI CE QUE VOUS VOULEZ, SEIGNEUR ... VOUS EN AVEZ LE POUVOIR. MAIS N'ATTENDEZ PAS DE MA PART AUTRE CHOSE QUE DE LA PASSIVITÉ ! ...
JE N'EN DEMANDAIS PAS TANT ... PETITE...
20A
20B

CONTINUE DE CREUSER! CHIEN! ...
APRÈS TOUT, REPOSE-TOI. NOUS AVONS TOUT LE TEMPS... QUELLE IMPORTANCE!
TU ES LÀ DEPUIS LONGTEMPS? OÙ EST-ON? QUE FAISONS-NOUS ICI?
TAIS-TOI IMBÉCILE!
SAIS-TU À QUI TU PARLES?
MAIS VOICI MON OISEAU DE PARADIS... COMMENT SE PORTE MA CHÈRE ENFANT?
JE SUIS, Ô PÈRE, VOTRE HUMBLE SERVANTE!
MAIS MON COEUR ET MA TÊTE SONT EMPLIS DE CURIOSITÉ!
ALLEZ-VOUS ME DIRE, QUI SONT CES ÉTRANGERS?
POURRAI-JE LES VOIR BIENTÔT?
VOUS ÊTES, MA FILLE, UNE IMPERTINENTE... ET POSEZ LES QUESTIONS QU'IL NE FAUT PAS!
21A
21B

EH BIEN... ILS NE T'ONT PAS FAIT DE CADEAUX !
JE... JE NE VOIS PAS P... POURQUOI... ILS SE... SERAIENT... P... PRIVÉS NO... NORMAL...
AH BEN, TOI ALORS !... T'ES UN CAS !...
QUE SE PASSE-T-IL, ICI ! DIS-MOI TOUT ! LE PLUS VITE POSSIBLE ET SURTOUT COMMENT SORTIR !
VOILÀ LA MALCHANCE QUI ME POURSUIT ! ... UN FOU, MAINTENANT !
?!?
OOOH !
RESTE UN PEU LÀ, TOI ...
22A
POURQUOI T'ENFUIR, MIGNONNE ?
OOOH !
NE ME DIS PAS QUE JE TE FAIS PEUR !!
OOOH...
OOOH !
QUE... QUE M'ARRIVE-T-IL ?
FICHE LE CAMP, TOI !
JE... JE POURRAI REVENIR VOUS VOIR ??
CELA NE DÉPEND PAS DE MOI... MAIS SI TU Y ARRIVES, POURQUOI PAS !
AUTANT AVOIR UNE "AMIE" DANS LA PLACE !
22B

N'EMPÊCHE... J'AI AIMÉ CE QUE M'A FAIT CET HOMME...
QUAND À L'IMPULSION QUI M'A JETÉE SUR CETTE FILLE, ELLE N'ÉTAIT QU'À MOITIÉ CALCULÉE! ...
HMM!
QUE FAIS-TU DANS CET ÉTAT, CHIENNE BÂTARDE LUBRIQUE! HABILLE-TOI ET FERME CE RIDEAU!
CELUI-LÀ, IL VA PAYER POUR TOUT!
BAISSE LES YEUX DEVANT LE GRAND EUNUQUE ET OBÉIS, MAUDITE FEMELLE STUPIDE! TU VAS TÂTER DE MA BADINE!!
KNOCK
SLAFTT
HEUGH!
AAAH! ÇA M'A FAIT BEAUCOUP DE BIEN!
TIMOK TIMOK... SI TU N'AS PAS DONNÉ SIGNE DE VIE DANS TROIS JOURS... JE BOUGE!...
TIMOK! TIMOK! POURQUOI NE M'AS-TU JAMAIS FAIT ÇA!? ... POURQUOI NE M'AIMES-TU PAS?
CET IDIOT CULBUTERAIT N'IMPORTE QUELLE AUTRE FILLE APRÈS AVOIR ÉGORGÉ SES PARENTS... ET MOI...
?!...

開來
A' LA GARDE!
A' LA GARDE!
A' QUELQUES JETS DE PIERRE DE LA'...
TLACK
TARLACK
TLACK TLACK
24A
?
ATTENTION!
OUTCH!
AAAAAA...
...AAOUPP?
24B

TIENS BON! NOUS ALLONS TE SORTIR DE LÀ ! ... EH BIEN... AIDEZ-MOI ...
VOUS AUTR...???
QU'Y A-T-IL ? À QUOI JOUES-TU ?
TU NE LE VOIS PAS ? J'EMPÊCHE UN DE TES HOMMES DE SE ROMPRE LES OS AU FOND DE CE PUITS !...
ET JE VAIS BIENTÔT LÂCHER !
25A
HMM...
RAMENEZ LE BARBARE À SON BARAQUEMENT AVEC UNE DOUBLE RATION DE NOURRITURE.
ET DIX COUPS DE FOUET À CE GARDE IMBÉCILE !
QUE CELA NE SE REPRODUISE PLUS !
JE SUIS ENTOURÉ D'INCAPABLES...
25B

ALORS ? ACCIDENT ?
HEU... EH BIEN... IL FAUDRAIT QUE JE L'EXAMINE AVEC BEAUCOUP PLUS DE SOIN, Ô MAJESTÉ... ... MAIS...
LA MACHOIRE SEMBLE BRISÉE EN PLUSIEURS ENDROITS, JE CROIS QUE LA NUQUE AUSSI... ET PROBABLEMENT UN ÉCRASEMENT DE LA GORGE ET DU CONDUIT QUI MONTE LE SANG DANS LA TÊTE...
FAITES DES ESSAIS SUR DES ESCLAVES POUR SAVOIR EXACTEMENT COMMENT IL EST MORT.
TSEUNG DHEN. TU ES MAINTENANT GRAND EUNUQUE. FAIS CASTRER DEUX OU TROIS HOMMES SÛRS QUI S'OCCUPERONT DES FEMELLES ROYALES.
OOOH, C'EST TROP D'HONNEUR POUR L'IMMONDE LARVE QUE JE SUIS, SIRE !
26A
POURQUOI ME CONDUISEZ-VOUS DANS CETTE CELLULE, ET PAS DANS LE BARAQUEMENT AVEC LES AUTRES ?
PARCE QU'APRÈS CE QUE TU AS FAIT, ILS T'ÉTRIPERAIENT, PAUVRE IDIOT !
HÉ ! HÉ ! HÉ !
26B

EN VOILÀ ENCORE UN QUE CES PROBLÈMES N'EMBÊTERONT PLUS... S'IL SURVIT...
T'SONG, FERMEZ LE BOCAL AVEC DE LA CIRE... ET SOIGNEUSEMENT!
BIEN, BIEN... ATTENTION DE NE PAS REFERMER LE CONDUIT EN CAUTÉRISANT. T'SONG, VOUS PRÉPAREREZ LES CATAPLASMES, MOI, JE VAIS ME COUCHER...
AH OUI! ATTACHEZ-LES SOLIDEMENT, CAR LORSQU'ILS SE RÉVEILLERONT ET QU'ILS VERRONT ÇA PRÈS DE LEUR LIT, JE VOUS ASSURE QU'ILS SE DÉBATTRONT... HI! HI! BONNE NUIT!
PAR TOUS LES DIEUX DE MES ANCÊTRES, N'Y A-T-IL DONC PERSONNE POUR ME VENIR UN PEU EN AIDE?
QU'AS-TU, CHAMAN?
NOUS... NOUS SOMMES SUR LA BONNE ROUTE!

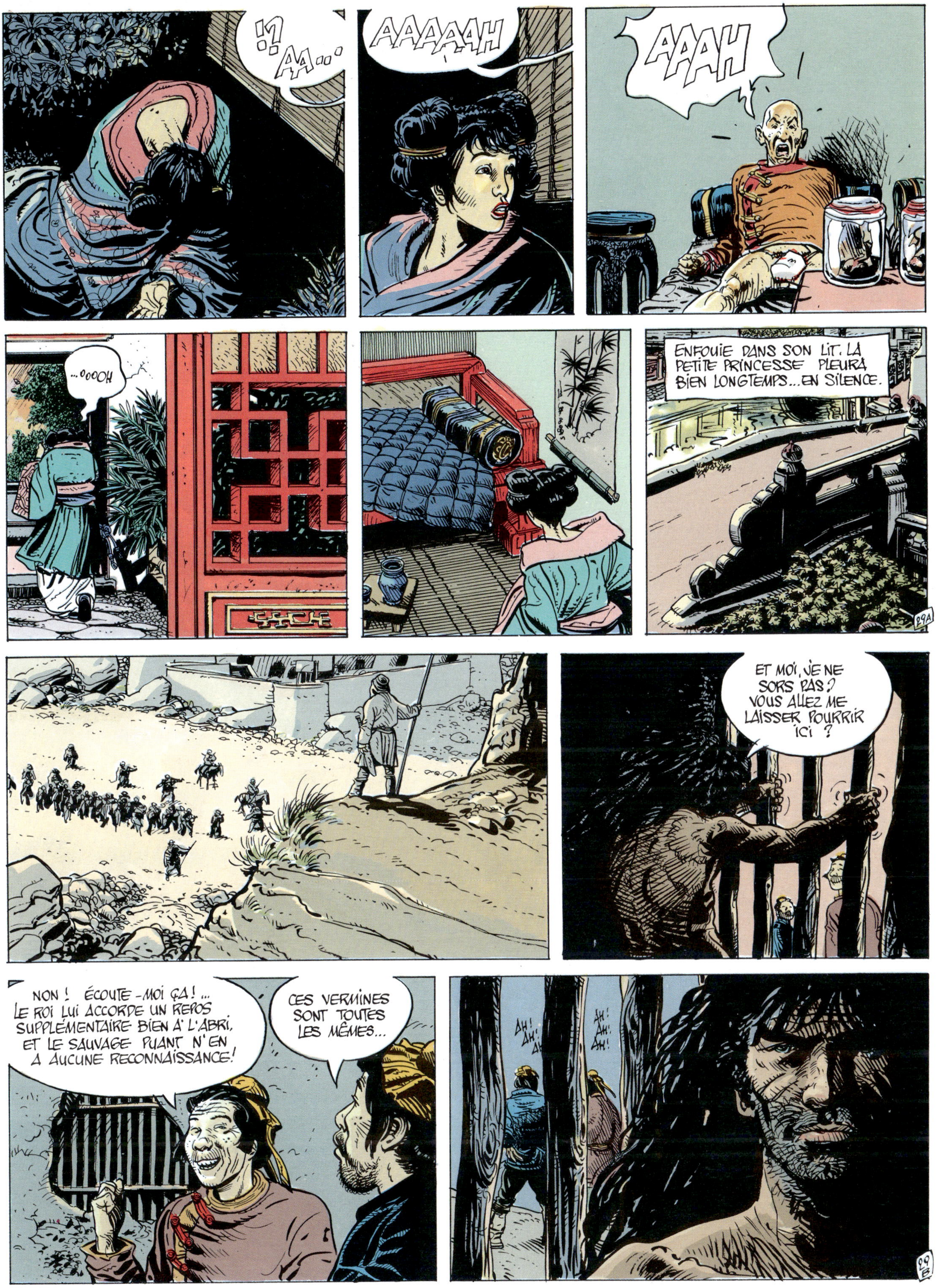
!? AA...
AAAAAAH
AAAH
...OOOH
ENFOUIE DANS SON LIT, LA PETITE PRINCESSE PLEURA BIEN LONGTEMPS... EN SILENCE.
ET MOI, JE NE SORS PAS ? VOUS ALLEZ ME LAISSER POURRIR ICI ?
NON ! ÉCOUTE-MOI ÇA ! ... LE ROI LUI ACCORDE UN REPOS SUPPLÉMENTAIRE BIEN À L'ABRI, ET LE SAUVAGE PUANT N'EN A AUCUNE RECONNAISSANCE !
CES VERMINES SONT TOUTES LES MÊMES...
AH ! AH ! AH !
AH ! AH ! AH !

TIENS ! MAIS C'EST MA PETITE POUPÉE TIMIDE ! ... COMMENT VAS-TU MA CHÉRIE ?
JE... JE VOUS AI VUE ... L'AUTRE NUIT... AVEC MON PÈRE...
TON PÈRE? ... HMMM JE VOIS...
NON! VOUS NE VOYEZ RIEN DU TOUT !
JE VAIS TE DIRE UNE CHOSE TRÈS IMPORTANTE, CHÉRIE MIGNONNE, MAIS N'EN PARLE À PERSONNE... C'EST QUAND C'EST BON QUE C'EST BON ! ET MOI, J'AI DÉCOUVERT QUE CELA POUVAIT ÊTRE... TERRIBLEMENT BON !
OOOH
REVIENS ME VOIR QUAND TU VEUX, CHÉRIE MIGNONNE...
JE SUIS LA PRINCESSE KWENG-LI ! ET JE VOUS INTERDIS DE ME PARLER SUR CE TON !
BIEN SÛR, CHÉRIE ! REVIENS ME VOIR QUAND TU VEUX DE TOUTES FAÇONS !
JAMAIS !
ALORS, ELLES SE CONNAISSENT... DÉJÀ ! J'AI PROBABLEMENT EU TORT D'ACCORDER À YU-LIEN L'AUTORISATION DE SORTIR UN PEU !
TOUJOURS RIEN ?
NON, MAJESTÉ. ELLE NE S'EST PAS RÉVEILLÉE. ELLE NE BOUGE MÊME PAS DANS SON SOMMEIL ...
CURIEUX ! CURIEUX !
?!?
CHHTT.
?!

VAS-TU T'EXPL...
CHHT!
SANS TOI, JE NE SERAIS PLUS QU'UN PETIT TAS D'OS TOUS CASSÉS DANS MA CHAIR MORTE AU FOND D'UN PUITS.
TU AS FAIT CE QUE PAS UN DE MA RACE N'AURAIT...
VA -T'EN VITE LOIN D'ICI..
DESOLÉ, MAIS JE NE PEUX PAS RESTER EN CET ÉTAT !...
31A
J'AI ... J'AI PENSÉ QUE QUELQUES ROBES VOUS FERAIENT PLAISIR ?!
EN PLEINE NUIT !?
TU SAIS QUE TU ES ADORABLE, TOI ?
OOOH!
WAAAHH...
31B

SNOK-T
ENFIN !
?
OH !
...
ET À QUELQUES PAS DE LÀ...
ALLONS HONORER NOTRE PETITE YU-L...
? OH !
MAJESTÉ ! MAJESTÉ ! LA FORTERESSE SEMBLE EN FEU !
J'AI VU ! IDIOT ! ENVOYEZ... ENVOYEZ DES ÉCLAIREURS !
32A
AH ! AH ! AH ! AH ! AH ! BIEN, LES ENFANTS ! ALLEZ ! ALLEZ !
SANG ET TRIPES ! ÇA FAIT DES LUNES QUE JE NE ME SUIS AUTANT AMUSÉ !
TOI, CHIEN PUANT ! VA VOIR SI MON IMBÉCILE DE FILS ET MA STUPIDE FEMME SONT DANS CE QUI SERA BIENTÔT UN TAS DE RUINES...
TOUT DE SUITE KALIBER KHAN !
32B

MON ARMURE ! MES SERVITEURS ! À LA GAAARDE !
RENFORCEZ LA PROTECTION AUPRÈS DE MES PIERRES !
33
DONNG
DONNG
?!
NE BOUGE PAS, MON DOUX AMOUR !
OOOH !
CE DOIT ÊTRE LE MOMENT À UTILISER AU MIEUX ! EN ESPÉRANT NE PAS FAIRE TROP DE BÊTISES !...
33B

ILS SONT PLUS LOIN, CECI N'EST QU'UN POSTE AVANCÉ ... UNE PORTE!
TU EN ES CERTAIN, CHAMAN ?
AUTANT QU'ON PUISSE L'ÊTRE, KALIBER...
ET... "UN OEIL" ? OÙ EST LE VIEUX FOU ?
JE NE SENS RIEN POUR L'INSTANT... QU'UNE FORTE DOULEUR ... LÀ !
MAINTENANT, TOI, TU ME PARLES DE CES MINES... BEAUCOUP ET VITE !
!?
MONTRE-MOI OÙ VOUS LOGEZ LA FEMME PEAU-DE-POULET !
S'IL TE PLAÎT ...
AÏE!
JE T'EN SUPPLIE, YU LIEN, ARRÊTE! MON PÈRE A PLEIN DE GUERRIERS, IL VA T'ARRACHER À MOI ET JE NE TE VERRAI PLUS ET IL TE FERA DU MAL...
C'EST ÇA!
LES ARCHERS ET LES ARBALÉTRIERS SUR LES MURAILLES !
QUI SONT CES GENS ASSEZ FORTS POUR EMPORTER LA "PREMIÈRE BARRIÈRE" EN QUELQUES MINUTES ?... Y AURAIT-IL UN RAPPORT AVEC LES BARBARES ?
CE SERAIT HORRIBLE!
ET LES "HOMMES-CHIENS" ?!!
ET LES MINES !

GRAND KHAN ! VOILÀ LEUR CITÉ ! ...
BIEN ! NOUS ALLONS METTRE TOUT ÇA À FEU ET À SANG ! KAMALDJINE ... JE T'OFFRIRAI CE QUI RESTE DEBOUT ! ...
MERCI, KALIBER !
S'IL RESTE QUELQUE CHOSE, BIEN SÛR ... AH ! AH !
THÉODORA ! ME VOICI ! ET MON BRAS EST PUISSANT, FORT ET VENGEUR...
AH ! AH ! AH !
35A
ET C'EST POUR ÇA QUE VOUS FAITES TOUS CES MYSTÈRES ?
MAINTENANT, RETROUVER AU PLUS VITE MA MÈRE ET YU LIEN... QUE PEUT-ELLE BIEN FAIRE, CELLE-LÀ ???
HHKRR
HÉ ! TOI ! VA FAIRE CHARGER DES CHAMEAUX ET EMMÈNE LA POUDRE NOIRE AUX MURAILLES SUD...
BRAAHH !
!
OH !
35B

OUI, BEN J'AI UNE MEILLEURE IDÉE !
IL ME SEMBLE POURTANT BIEN L'AVOIR VUE PAR ICI !?
36A
TIMOK!
YU LIEN
ENFIN !
NE T'INQUIÈTE PAS, MA CHÉRIE, IL EST AVEC MOI...
CHÉRIE?
AVANT, ELLE ÉTAIT LOGÉE PRÈS DE MES APPARTEMENTS.. IL Y A UN JOUR OU DEUX, ILS L'ONT TRANSPORTÉE AILLEURS...
LÀ !
36

OH!
QUE?
AU SEC ...
AU SECOU...
TU ENTENDS ?
AU SEC...
37 A
MMMMHH...
!?
?!
TLAK!
iii iAAAH
SCNOKK!
37 B

RENFORCEZ ENCORE LES PORTES DE CÔTÉ!... SURTOUT CELLE DU PONANT!... TIREZ DÉJÀ UN OU DEUX COUPS POUR LES EFFRAYER!...
DBBOOMMM
DBOOMM
FFSSSHHH
TRÈS JOLI !
MAJESTÉ... REGARDEZ !
J'AI VU...
JE PARLE AU NOM DE KALIBER KHAN! ROI DES YE-MA-YUE, DES JI-CHENG-ZU DES BAÏ-HU-TENG ! KALIBER KHAN PARDONNERA D'AVOIR TUÉ QUELQUES-UNS DE SES GUERRIERS SI VOUS LUI LIVREZ IMMÉDIATEMENT SA TENDRE ÉPOUSE, REINE THÉODORA...
ET SON FILS PRÉFÉRÉ ET ADORÉ, LE PRINCE TIMOK...
THÉODORA ? TIMOK ?
JE VOUS RENVERRAI CES DEUX-LÀ AVEC JOIE!... MORCEAU PAR MORCEAU, SI VOUS NE LEVEZ PAS LE SIÈGE IMMÉDIATEMENT! CHIENS BARBARES PUANTS!
ERREUR, MAJESTÉ ...

QUI OSE ?
VOUS NE VOUDRIEZ PAS QUE JE LAISSE VOTRE FILLE UNIQUE, LA PRINCESSE KWENG-LI, S'ÉCRASER BRUYAMMENT DIX CHI (*) AU-DESSOUS DE CETTE GALERIE, NON ?...
CHIENS ! RATS ! INCAPABLES ! VOUS ME PAIEREZ CELA DE VOTRE PEAU !
MAIS...
AAARRR
DIX CHI + OU - 30 M.
39
AAAR
39B

PÈRE ! AU SECOURS! SAUVEZ-MOI !
FAITES-NOUS PRÉPARER QUATRE BONS CHEVAUX, MAJESTÉ !
JAMAIS !
ACCORDEZ-LEUR POUR L'INSTANT, VOTRE GRANDEUR ... NOUS GAGNERONS DU TEMPS! ET N'OUBLIEZ PAS QUE LA PRINCESSE KIWENG-LI EST EN LEUR POUVOIR...
NE PARLEZ PAS DE POUVOIR, IMBÉCILE !...
QUE SE PASSE-T-IL ENCORE PAR ICI ?
?!
PAS BOUGER !
TIMOK !
BOUDDHA PRABHŪTARATNA! LE MÉDECIN EST UNE VIEILLE FEMME !
HHAN !

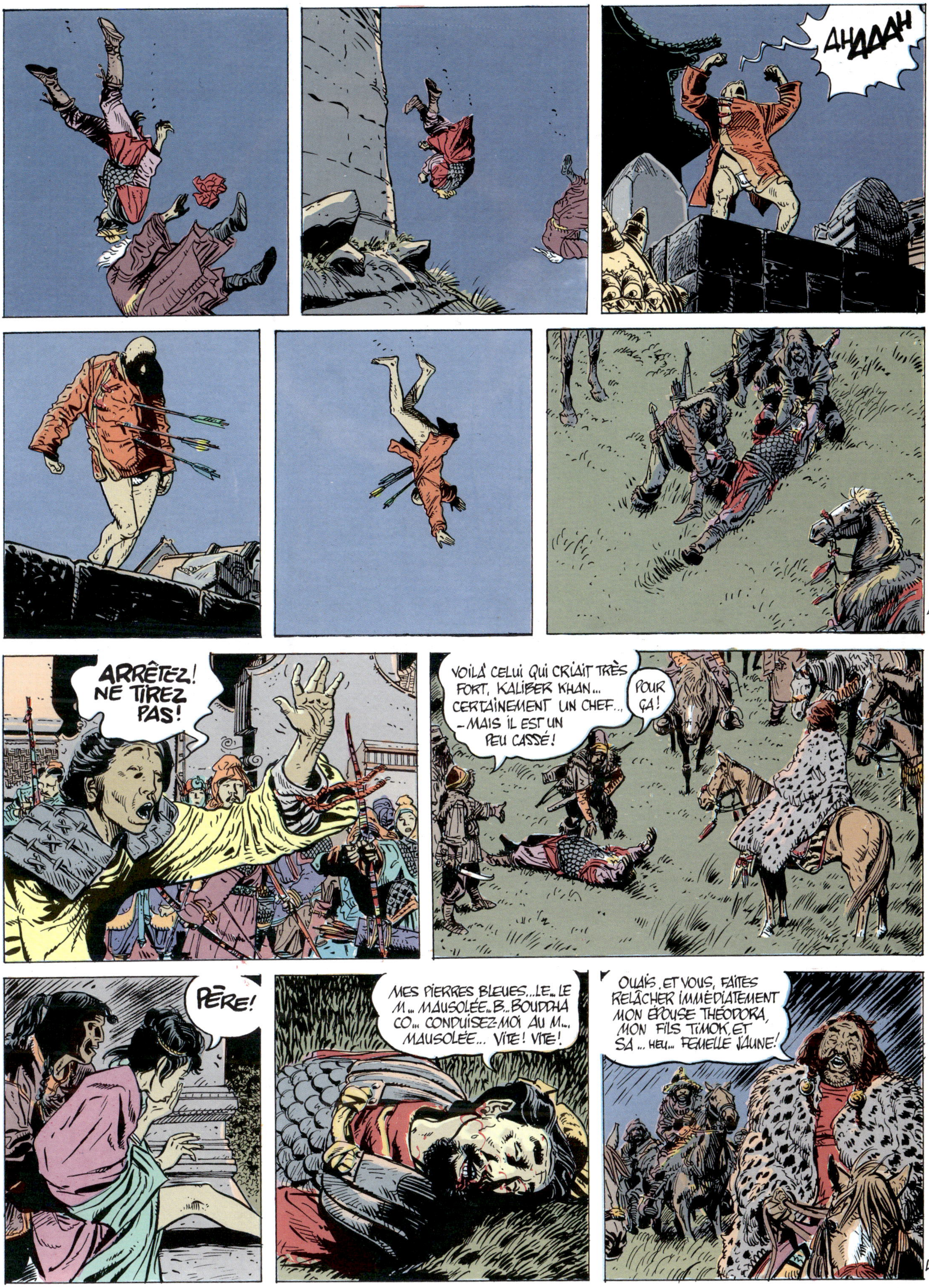
AHAAAH
ARRÊTEZ! NE TIREZ PAS!
VOILÀ CELUI QUI CRIAIT TRÈS FORT, KALIBER KHAN... CERTAINEMENT UN CHEF... –MAIS IL EST UN PEU CASSÉ!
POUR ÇA!
PÈRE!
MES PIERRES BLEUES... LE... LE M... MAUSOLÉE... B... BOUDDHA CO... CONDUISEZ-MOI AU M... MAUSOLÉE... VITE! VITE!
OUAIS, ET VOUS, FAITES RELÂCHER IMMÉDIATEMENT MON ÉPOUSE THÉODORA, MON FILS TIMOK ET SA... HEU... FEMELLE JAUNE!

AOOW!
LE MAUSOLÉE BLEU !
42

PRENEZ TOUT CE QUE VOUS VOULEZ MAIS, PAR PITIÉ, NE FAITES PAS DE MAL À MA FILLE ET... ET ENTERREZ-MOI DANS CE TEMPLE... AUPRÈS DE MON... ÉP... ÉPOUSE !
MOI, TIMOK, FILS DU TRÈS GRAND ET TRÈS PUISSANT KALIBER KHAN, TE LE PROMETS, NOUS LAISSERONS TON ROYAUME ENTRE LES MAINS DE LA PRINCESSE KWENG-LI.
HRRHRRG...
IL EST TRÈS BIEN, CE PETIT !
43A
QU'ON FASSE VENIR MA A'MA ET MES SUIVANTES ! JE DOIS ÊTRE BELLE POUR MON PÈRE...
CHAMAN !
OUI, KALIBER KHAN ?
JE NE VEUX PAS QU'ELLE MEURE, CHAMAN... JE VEUX LA REVOIR BIEN VIVANTE, TU M'AS COMPRIS ?
43B

IL EST MORT !
ELLE... EST MORTE !
CHAMAN !... FAIS QUELQUE CHOSE... TOUT DE SUITE !...

OOOH... YU LIEN...
HMM !
TOI, MON TIMOK, SI JE NE ME TROMPE PAS, JE VAIS T'AVOIR... ENFIN !
A'MA, MES SUIVANTES, JE SUIS TRÈS FATIGUÉE. JE ME RETIRE UN PEU DANS MES APPARTEMENTS
XUAN TAI, TU VIENS AVEC MOI, JOLIE FLEUR...

ET CE SOIR-LÀ...
TU ES BIEN CALME, KALIBER !
POUR LA PREMIÈRE FOIS DEPUIS LONGTEMPS. PRESQUE DEPUIS TOUJOURS... CELA ME FAIT UN PEU PEUR...
C'EST PEUT-ÊTRE LE BOUT DU CHEMIN - JE SERAIS DÉJÀ VIEUX ? CE DOIT ÊTRE TIMOK QUI M'A RAPPROCHÉ D'UN GRAND COUP DE LA MORT, CHAMAN...
ET THÉODORA ?
ELLE... ELLE AVAIT TANT ENVIE DE REVOIR LA TERRE DE SES ANCÊTRES...
PEUT-ÊTRE LA FERAI-JE RETOURNER DANS SON PAYS... OU BIEN LA CONDUIRAI-JE MOI-MÊME...
J'AVAIS OUBLIÉ QUE THÉODORA ÉTAIT UNE REINE... UNE REINE OUBLIÉE.

FIN